Para Andrew, que me inspira

A. B.

Para Christopher

D. R.

Papel certificado por el Forest Stewardship Council®

MIXTO
Papel procedente de
fuentes responsables
FSC® C117695

Título original: *Iggy Peck, Architect*
Primera edición: abril de 2018

Copyright © 2007, Andrea Beaty
© 2007, David Roberts, por las ilustraciones
Publicado originariamente en lengua inglesa en 2007 por Abrams Books for Young Readers,
un sello de ABRAMS.
Harry N. Abrams, Incorporated, Nueva York
Todos los derechos reservados por Harry N. Abrams, Inc.
© 2018, de la presente edición en castellano:
Penguin Random House Grupo Editorial, S.A.U.
Travessera de Gràcia, 47–49. 08021 Barcelona
© 2018, María Serna Aguirre, por la traducción
Realización editorial: Araceli Ramos

ISBN: 978-84-488-4980-1
Depósito legal: B-3039-2018

Impreso en EGEDSA
Sabadell (Barcelona)

BE 4 9 8 0 1

Penguin
Random House
Grupo Editorial

Andrea Beaty
Ilustraciones de David Roberts

PEDRO
PERFECTO, ARQUITECTO

Beascoa

EL JOVEN PEDRO PERFECTO ES ARQUITECTO

y lo ha sido desde que era un piojo.

Con pañales y pegamento, en un momento,

levantó una gran torre a su antojo.

Su madre exclamó: —¡Dios bendito, Pedrito!

¡Qué cosa más chula has montado!

Pero le cambió la cara al sentir un olorcito

y ver que los pañales estaban usados.

—¡Pedrín! ¿Qué has hecho, chiquitín?

¡Es una porquería! ¡Huele de pena!

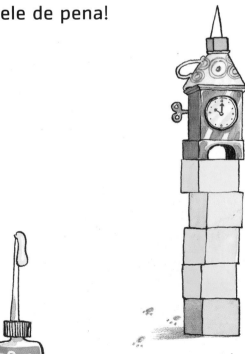

Pero él ya estaba en el jardín

construyendo una Esfinge con arena.

A los tres años, los padres entendieron sin engaños

que su curiosa pasión no iba a abandonar.

Construyó iglesias y capillas con manzanas y fresquillas

y levantó templos con pasta de modelar.

Para divertir a su padre, una noche,

Pedro estuvo pensando un poco

y construyó el arco de San Luis en el porche

con tortitas y pastel de coco.

Nuestro querido Pedro fue feliz hasta segundo,

cuando tuvo a Lila Greer de profesora.

—¡Prohibido hablar de edificios! —dijo en tono rotundo

el primer día de clase a primera hora.

—Gótico, Románico, me importa un pimiento

que sea Moderno o del Renacimiento.

Dijo que el segundo curso estaba exento

y que la arquitectura no venía a cuento.

Aunque parecía severa, estaba siendo sincera.

Porque cuando no tenía más de siete

subió a un rascacielos de la pera

y se pegó un susto de muerte.

En una visita guiada al piso noventa y cinco

la joven Lila se quedó despistada.

La encontraron a los dos días con una troupe de circo
comiendo queso en un ascensor atascada.

Desde aquella aventura, no podía verlos ni en pintura,
y trataba a sus alumnos con mano dura
porque pensaba que la arquitectura era una locura
y que debían evitar los edificios de gran altura.

Pedro, cuando la oyó hablar,

se quedó hecho trizas,

pero no hizo caso. Se sentó al final

y construyó un castillo con tizas.

—¡Pedro Perfecto! ¿Algo que decir al respecto?

¡Tira ese castillo y ordena tu pupitre, por favor!

Aquí no se construye nada, ¿correcto?

¿O prefieres hacerle una visita al director?

—No, seño —dijo Pedro bajando la cabeza.

Y se le cayó el mundo a los pies.

Si no podía construir una pieza,

el curso carecía de interés.

Tras dos semanas de tedio en medio de una bruma de lectura, matemática y dictado,

la señorita Lila llevó a la clase de excursión a disfrutar de un picnic anticuado.

Llegaron a una isla por un puente tambaleante
en medio de un arroyo burbujeante.
Pero, cuando el grupo pasó,
la pasarela se rompió
y la señorita
Lila gritó:

—¡Niños, niños, estamos perdidos!
Puso los ojos en blanco y se quedó inerte
soltando un pequeño gemido.
(Solo era un vahído, por suerte).

La clase estaba alucinando. Se quedaron pensando
qué podían hacer rascándose la cocorota.
Pero un jovencito brillante ideó un plan zumbando
que empezaba por quitarle a la profe una bota.

Se pusieron manos a la obra
y trabajaron unidos de forma urgente.

Cuando Lila despertó de su zozobra,

comprobó que habían hecho algo muy valiente.

Miró hacia arriba y vio una estructura

con nudos y soportes en forma de puente.

Y al otro lado, llenas de orgullo y hermosura,

diecisiete caritas sonrientes.

Botas, raíces, lacitos y regalices
(si es que había hasta calzones)
entrelazaron para construir felices
un puente suspendido por cordones.

La señorita Lila hizo los honores

y cruzó el puente hacia sus pequeños.

Entendió que en segundo hay cosas peores

que pasarse el rato construyendo sueños.

Inaugurado en 1936

227 metros de altura

1280 metros

Ahora, la señorita Lila y todos los alumnos

aprenden cada semana en la clase de segundo

cómo se construyeron los mayores edificios del mundo.

El conferenciante invitado, cómodo y relajado,

recorre lugares como Egipto o Italia

y habla de sus monumentos sin olvidar Australia.

¡Correcto! Este jovencito brillante es el arquitecto

que construye torres con tortitas, Pedro Perfecto.

Construido en 1931

102 pisos

380 metros

Construido entre 1868-86

c. 1675-1710

c. 2550-2470 a.C.

c. 2000 a.C.

No tan alto

c. 72-82 d.C.

c. 450-424 a.C.

Construida entre 1957-1973

Este libro se terminó

de imprimir en EGEDSA, Sabadell,

el mes de marzo de 2018.

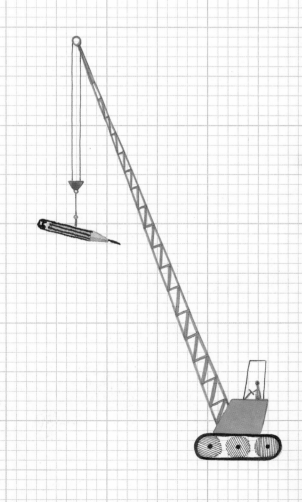

OTROS LIBROS EN ESTA COLECCIÓN

ADA MAGNÍFICA, CIENTÍFICA

Ada Magnífica tiene la cabeza llena de preguntas.
Como sus compañeros de clase Pedro y Rosa,
Ada siempre ha sentido una curiosidad insaciable.
Pero cuando lleva demasiado lejos sus exploraciones
y sus complicados experimentos científicos, sus padres
se hartan y la mandan al rincón de pensar.

¿TANTO PENSAR LE HARÁ CAMBIAR DE OPINIÓN?

ROSA PIONERA, INGENIERA

Rosa sueña con ser una gran ingeniera.
Donde los demás ven basura, ella ve cachivaches
que le servirán para crear nuevos artilugios, pero por miedo
al fracaso esconde sus creaciones debajo de la cama.

¿PODRÁ ROSA DEJAR ATRÁS SUS MIEDOS
Y REÍRSE DE SUS ERRORES?

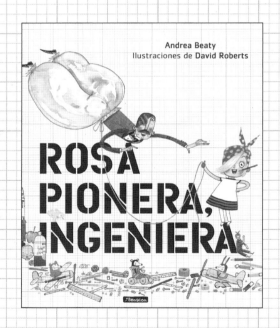

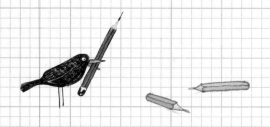

UNA COLECCIÓN QUE CELEBRA
LA CREATIVIDAD,
LA PERSEVERANCIA
Y LA CURIOSIDAD CIENTÍFICA.

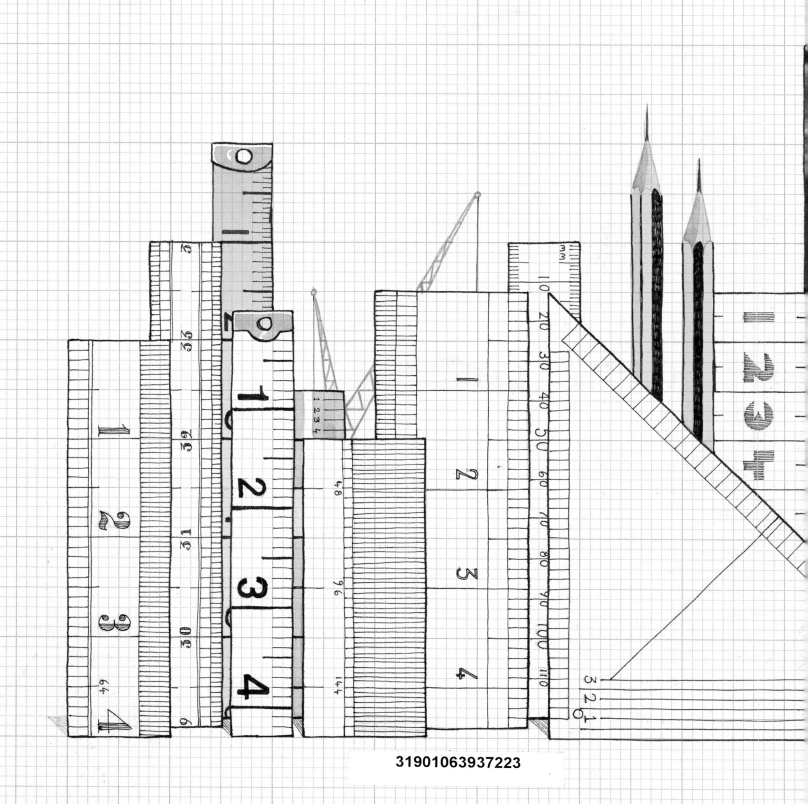